Sylvie Laine

FRENCH

Easy Stories

10 Topics from Everyday Life

With Hundreds of Useful Words and Phrases

And English Glossaries throughout the Text

Easy French Reader Series for Beginners

Unabridged version
Dépôt légal : novembre 2015

Editions Le Français C'est Facile
E-mail : editions.lfcf@gmail.com

ISBN : 9782370610348

French

Easy Stories

Contents

Le plombier

Poc... Poc... Poc... Depuis quelques jours, le **robinet** de la salle de bains **goutte**. Poc... Poc... Poc... Charlotte **ferme** le robinet pour **stopper** l'eau. Mais la **fuite** continue. Elle **serre** plus fort. Zut ! Maintenant, elle ne peut plus **rouvrir** le robinet.

la plomberie:	*plumbing*
le robinet:	*the tap, faucet*
la salle de bains:	*the bathroom*
goutter:	*to drip*
fermer:	*to turn off*
stopper:	*to stop*
la fuite:	*the leak*
serrer:	*to tighten*
rouvrir:	*to turn on again*

Charlotte est célibataire. Elle n'a pas de mari **bricoleur**. Alors, elle doit appeler le **plombier**.

« C'est quoi, votre problème ? demande le plombier au téléphone.
— Le robinet de la salle de bains goutte.
— Je vais regarder ça, et vous faire un **devis**. En attendant, ne serrez pas trop le robinet !
— Euh... D'accord, merci. »

bricoleur,euse :	*handyman, handywoman*
le plombier :	*the plumber*
le devis :	*the cost estimate*

Le plombier arrive, avec sa **salopette** bleue et sa **caisse à outils**. Charlotte le conduit jusqu'à la salle de bains. « Ça fait combien de temps que ça goutte ?
— Ça fait quatre jours. Et ça n'arrête pas. C'est **grave** ?
— C'est sûrement le **joint**. Il faut le **changer**. »

la salopette:	*dungarees, overalls*
la caisse à outils:	*the tool box*
grave:	*bad, serious*
le joint:	*seal, washer*
changer:	*to change, to replace*

Le plombier prend **sa pince** et commence à **dévisser** les éléments du robinet. Il a des mains fortes, des **ongles** courts et un peu noirs, qui rappellent à Charlotte les **doigts** de son ex-mari, Georges. Georges est un bon bricoleur. Il est **couvreur**. Il serait capable de réparer ce robinet. Mais elle doit déjà lui demander de réparer la **toiture** ! Elle ne peut pas le **déranger** tout le temps pour des **broutilles**.

la pince :	*the pliers*
dévisser :	*to unscrew*
un ongle:	*a fingernail*
le doigt:	*the finger*
le couvreur:	*the roofer*
la toiture:	*the roof*
déranger:	*to disturb*
la broutille:	*trifle, nothing*

« Regardez, dit le plombier, le joint est **mort** ! » Il **tient** dans ses doigts une petite **rondelle** grise en cours de décomposition.

« Qu'est-ce que c'est ? » Maintenant qu'elle vit seule, Charlotte essaye de **s'instruire**. Elle veut comprendre un peu plus à la technique. Autrefois, son mari réparait tout dans la maison. Et elle ne s'occupait jamais de plomberie ni d'électricité.

mort,e :	*dead*
tenir :	*to hold*
la rondelle :	*the washer*
s'instruire :	*to educate onseself*

« C'est pour **étanchéifier** le robinet. C'est du **caoutchouc**. Alors, évidemment, avec le temps, ça **s'use**. Il faut le changer de temps en temps. C'est une **usure** tout à fait normale.

— Ah, bon ! se rassure Charlotte. Donc ce n'est pas grave ?

— Non, ce n'est pas grave du tout.

— Et combien ça va **coûter** ?

— Le joint coûte quelques centimes. L'**intervention** va vous coûter trente euros.

— Ah bon ! D'accord. Vous pouvez réparer ça maintenant ?

— Oui, pas de problème. J'ai des joints **neufs** dans ma caisse. »

étanchéifier:	*to seal*
le caoutchouc:	*the rubber*
s'user:	*to wear out*
une usure:	*a wear*
coûter:	*to cost*
une intervention:	*an intervention*
neuf, neuve:	*new, fresh*

Le joint est remplacé et le robinet réparé en quelques minutes.

« Voilà, chère madame. Par contre, je vois que vos **tuyaux** sont **oxydés**. Ils sont vieux. Je ne veux pas vous faire peur, mais vous **risquez** d'avoir une nouvelle fuite de ce côté.

— Ah bon ? Qu'est-ce que ça veut dire, *oxydés* ? »

le tuyau:	*the pipe*
oxydé,e:	*oxidized*
risquer (de):	*to risk*

Le plombier **s'agenouille** près du lavabo.

« Regardez cette couleur bleu-vert sur les tuyaux en **cuivre**. C'est un **dépôt** d'oxydation. C'est parce que votre installation est très vieille. »

s'agenouiller:	*to kneel*
le cuivre:	*the copper*
le dépôt:	*the sediment*

Effectivement, l'installation **date** des années quatre-vingt. Charlotte est très impressionnée par le professionnalisme du plombier. Elle voit qu'il a de l'expérience. Mais Charlotte **s'effraie** des nouveaux travaux **en perspective**.

dater de:	*to date from*
s'effrayer (de):	*to be afraid, to take fright*
en perspective:	*in sight*

« Je suppose que ça peut coûter cher ?

— Oui et non. Comptez autour de cinquante euros pour les tuyaux et trente euros pour l'intervention.

— Quand même, je crois que je préfère attendre encore un peu. Je dois faire réparer la toiture, et...

— Pas de problème. Appelez-moi **en temps voulu**. »

Le plombier **se relève** et **referme** sa caisse à outils. Mais Charlotte se souvient d'un autre problème urgent à **résoudre** : la **baignoire** est **bouchée** !

« Je ne peux pas **nettoyer** le **siphon** moi-même. (*Siphon* est un des rares mots techniques que Charlotte connaisse.) L'**accès** sous la baignoire est trop difficile. Et je crois qu'il faut des outils pour faire ça », explique-t-elle.

— Vous avez une **cuvette** ? Je vais regarder ça. »

en temps voulu:	*in due course*
se relever:	*to get back on one's feet*
refermer:	*to close*
résoudre:	*to solve*
la baignoire:	*the bath, bathtub*
bouché,e:	*clogged, blocked*
nettoyer:	*to clean*
le siphon:	*the siphon*
un accès:	*an access*
la cuvette:	*the bowl*

Charlotte va chercher une cuvette dans la **buanderie**, et le plombier s'agenouille devant la baignoire. Effectivement, le siphon est difficile d'accès. Il faut ouvrir de petites portes sous la baignoire et se mettre **à plat ventre** pour dévisser l'installation. Le plombier place la cuvette sous le siphon, et le **contenu** du tuyau, qui **bouchait** l'**évacuation**, **se déverse** dans la cuvette.

la buanderie :	*the laundry room*
à plat ventre:	*flat on your stomach*
le contenu:	*the content*
boucher:	*to block, to clog*
une évacuation:	*an outlet*
se déverser:	*to pour, to flow*

« Mon Dieu, j'ai **honte** ! » pense Charlotte, en contemplant avec horreur une grosse masse noire et **gluante**, **remplie** de cheveux dans la cuvette. « Il faudrait utiliser **à l'avenir** une petite **passoire**. Vous en trouverez en **quincaillerie**, ou même au supermarché. Sinon, les cheveux vont rapidement reboucher le tuyau.

— Oui… » répond Charlotte en **se rappelant** que le siphon n'a pas été nettoyé depuis son divorce, c'est-à-dire depuis cinq ans.

avoir honte:	*to be ashamed*
gluant,e:	*slimy*
rempli,e de:	*filled with*
à l'avenir:	*in the future*
la passoire:	*the strainer*
la quincaillerie:	*the hardware shop*
se rappeler:	*to remember*

« Bon, on va **faire couler** l'eau pour bien **rincer** le tuyau. » Le plombier ouvre **brièvement** le robinet d'eau froide et le referme aussitôt. L'eau coule parfaitement **propre** dans la cuvette.

« C'est propre, maintenant. » Il revisse le siphon et se lève.

faire couler l'eau:	*to let the water run*
rincer:	*to rinse*
brièvement:	*briefly*
propre:	*clean*

Dans la cuisine, il prépare **une facture**, et Charlotte lui donne **un chèque**. « Au revoir, Monsieur le plombier ! Oh ! J'oubliais ! Est-ce que vous faites aussi l'électricité ?

— En principe, non, répond le plombier. Mais si ce n'est pas trop compliqué, je peux le faire. **De quoi s'agit-il** ?

— C'est la **cuisinière électrique**. Les **boutons** ne réagissent plus, et…

la facture:	*the bill, invoice*
le chèque:	*the cheque*
de quoi s'agit-il ?	*what's the matter ?*
la cuisinère électrique:	*the electric cooker*
le bouton:	*the switch*

— Ah, désolé, madame. Pour ça, il faut vous **adresser** à un **électricien** spécialiste de l'**électroménager**.
— D'accord, c'est noté. Merci, monsieur. Au revoir. »

Charlotte est vraiment enchantée du professionnalisme de ce plombier. Elle va noter son numéro pour **faire appel à** lui quand il y aura de nouveaux problèmes de plomberie dans la maison.

s'adresser à:	*to contact*
un électricien:	*an electrician*
l'électroménager:	*the domestic appliances*
faire appel à:	*to call on*

Quelques expressions utiles :

— Il y a une fuite dans la salle de bains.
— Mon robinet goutte.
— Mon robinet **fuit.**
— Le lavabo, la baignoire, l'**évier**, est bouché.
— Il faut réparer un robinet.
— Il faut remplacer un joint, un tuyau, un **tube,** un **raccord**
— Est-ce que ça va coûter cher ? Combien ça va coûter ?
— Est-ce que vous pouvez me faire un devis ?
— Quel jour pouvez-vous venir ? À quelle heure pouvez-vous venir ?
— Est-ce qu'il faut remplacer l'installation ?
— Est-ce qu'il est nécessaire de remplacer des **pièces** ?

fuir:	*to leak out*
un évier:	*a sink*
un tube:	*a drain pipe*
un raccord:	*a fitting, connector*
une pièce:	*a fitting*

Les enfants, l'école

Charlotte a deux enfants, un garçon et une fille : Mathilde, qui a douze ans et demi, et David qui a onze ans. Ils ne vont pas dans le même **collège**, et c'est un peu compliqué. Mathilde va dans un vieux collège, à deux kilomètres de la maison. Mais il y a un an, un collège a été construit dans **la commune** où Charlotte et ses enfants habitent. David, qui justement commence le collège (il a onze ans exactement), doit aller dans le collège de sa commune. Il **rentre** tous les soirs à pied à la maison. Il a sa **propre** clé. Charlotte **va chercher** sa fille le soir après son travail et elles rentrent toutes les deux un peu plus tard.

le collège:	*the school, the middle School*
la commune:	*the town*
rentrer:	*to go back home*
propre:	*own*
aller chercher:	*to go and pick up*

Le soir, les enfants doivent **faire leurs devoirs**. Évidemment, quand Charlotte rentre à la maison, elle trouve son fils devant la télévision. Il regarde ses **dessins animés** préférés, comme *Goldorak*, *Albator* ou *la Guerre des étoiles.* Alors, ils ont **conclu un marché** : après le troisième dessin animé, David doit **éteindre** la télé et faire immédiatement ses devoirs.

faire ses devoirs:	*to do one's homework*
le dessin animé:	*the cartoon*
conclure un marché:	*to make a deal, to come to an agreement*
éteindre:	*to switch off*

Il a quelques difficultés en mathématiques, et Charlotte doit **aider** son fils. Pourtant, elle n'est pas plus experte en maths que lui. Elle fait sûrement des **fautes** aussi, peut-être même des fautes plus **graves** que son fils. Mais d'un autre côté, ces **exercices** lui permettent de **réviser** ses **connaissances**.

aider:	*to help*
la faute:	*the mistake*
grave:	*serious*
un exercice:	*an exercise*
réviser:	*to revise, to review*
la connaissance:	*the knowledge*

Il est loin, le temps de **la scolarité** de Charlotte ! Elle **se souvient**, bien sûr, de ses **tables de multiplication**. Elle sait encore faire des **divisions**, des **soustractions** et des **additions**. Mais David, dans son collège neuf, étudie déjà les **racines carrées** et les **puissances** ! C'est la nouvelle réforme du collège qui a décidé ça, pense Mathilde. Elle, elle a tout **oublié** sur les racines carrées et les puissances.

la scolarité :	*the school years*
se souvenir de:	*to remember of*
la table de multiplication:	*the multiplication table*
la division:	*the division*
la soustraction:	*the subtraction*
une addition:	*an addition*
la racine carrée:	*the square root*
la puissance:	*the power*
oublier:	*to forget*

Elle réapprend donc que « deux **puissance** trois font huit », puisque « deux **fois** deux fois deux font huit ». Et il y a aussi les fameux *problèmes de* ***géométrie*** : « Calculez la **longueur** du **triangle équilatéral**, quand petit *a* **plus** petit *b* égal petit *c* **moins** neuf ». Mais qu'est-ce que c'est, déjà, un *triangle équilatéral* ?

puissance:	*to the power of*
fois:	*time*
la géométrie:	*geometry*

la longueur:	*the length*
le triangle équilatéral:	*the equilateral triangle*
plus:	*plus*
moins:	*minus*

Mathilde est une **élève studieuse** et **disciplinée**. Elle aime bien l'école et elle aime bien faire ses devoirs. Elle n'a pas besoin de l'**aide** de sa mère. Elle fait ses devoirs **toute seule** dans sa chambre, et ensuite, elle écoute de la musique **en attendant** le souper. C'est l'élève préférée de ses professeurs. En particulier, elle est très **douée** pour le cours de français. Elle a généralement de bonnes **notes** en **dictée** et en **rédaction**.

un, une élève:	*a pupil*
studieux, se:	*studious, hard-working*
discipliné,e:	*disciplined*
une aide:	*a help*
tout seul, toute seule:	*on his/her own*
en attendant:	*while waiting for*
doué,e:	*gifted*
la note:	*the mark, grade*
la dictée:	*the dictation*
la rédaction:	*the essay*

Quand il y a une **réunion de parents d'élèves**, les professeurs disent toujours : « Il n'y a rien à dire, madame Lebenoît. C'est une élève studieuse, intelligente et douée. » Il n'y a qu'en cours d'allemand que le prof est moins satisfait. Mathilde est trop **réservée** et ne participe pas assez oralement. Pourtant, ses notes écrites sont bonnes. Mais le dernier **contrôle** était beaucoup moins bon.

la réunion de parents d'élèves:	*the parent-teacher meeting*
réservé,e:	*reserved, reticent*
le contrôle:	*the test*

Le midi, les enfants mangent à **la cantine**. En principe, c'est pratique pour Charlotte, qui doit aller au travail. Elle n'a pas le temps de **rentrer** à midi et de **faire à manger** à ses enfants. Mais, même à la cantine, c'est un peu compliqué malheureusement, parce que David n'aime pas les légumes. Charlotte **s'inquiète** un peu pour sa **santé**. Il risque de **manquer** de **minéraux**. Mais personne ne peut l'**obliger** à manger des légumes.

la cantine:	*the canteen, dining hall*
rentrer:	*to go home*
faire à manger:	*to cook something*
s'inquiéter:	*to be worried*
la santé:	*the health*
manquer de:	*to lack*
les minéraux:	*minerals*
obliger qqn à:	*to compel sb to*

Elle est **allée voir** le **recteur** du collège, pour savoir s'il y avait une solution. Il a suggéré seulement que David **écrase** ses **haricots** et les **mélange** à la **purée**. La pomme de terre est le seul légume que David accepte de manger. Mais ça ne marche pas. David refuse de manger des haricots, et il n'y a pas tous les jours de la purée **au menu** de la cantine.

aller voir qqn:	*to visit sb*
le recteur:	*the education officer, superintendent*
écraser:	*to crush, to mash*
le haricot:	*the bean*
mélanger:	*to mix*
la purée:	*mashed potatoes*
au menu:	*on the menu*

De plus, David porte un **appareil dentaire** qu'il doit **enlever** pour manger. En principe, ce n'est pas difficile, mais un jour, David a oublié son appareil dentaire sur une table de la cantine. Personne, **parmi** le personnel de la cantine, ne savait à qui **appartenait** cet appareil. Et David avait tellement **honte**, qu'il ne l'a dit à personne : ni à ses professeurs, ni au recteur, ni à sa mère. Ce n'est qu'une semaine plus tard, le jour du rendez-vous chez le **dentiste**, que David a **avoué** à sa mère qu'il avait perdu son appareil.

un appareil dentaire:	*braces*
enlever:	*to remove*
parmi:	*among*

appartenir à:	*to belong to*
la honte:	*the shame*
le dentiste:	*the dentist*
avouer:	*to confess*

Charlotte a dû aller voir le recteur pour **récupérer** l'objet. Elle n'était pas contente du tout. C'était mercredi, et le recteur n'était pas dans son bureau. **Il a fallu annuler** le rendez-vous chez le dentiste et revenir le lendemain. Bref, Charlotte a eu beaucoup de **stress** ce jour-là.

récupérer:	*to get back, to recover*
il a fallu:	*it was necessary to*
annuler:	*to cancel*
le stress:	*the stress*

Justement, le mercredi est souvent assez compliqué, car les enfants n'ont pas d'école ce jour-là. Heureusement, Charlotte a réussi à modifier ses **horaires** de travail, et elle ne travaille plus le mercredi. Mais de temps en temps, elle doit rester au bureau pour régler quelques **dossiers** urgents.

un horaire:	*a schedule*
un dossier:	*a file*

Les enfants ne peuvent pas aller chez leur père, puisqu'il travaille aussi. Et Charlotte ne veut pas qu'ils restent seuls à la maison. Ils pourraient **faire des bêtises** ou **avoir un accident**. On ne sait jamais. Charlotte préfère rester **prudente**. Par exemple, un jour, David a joué avec le téléphone. Charlotte a payé cinquante euros supplémentaires parce qu'il avait appelé trente fois les **renseignements téléphoniques**. Alors, elle appelle une **baby-sitter**.

faire des bêtises:	*to do silly things, mess around*
avoir un accident:	*to have an accident*
prudent,e:	*careful*
les renseignements téléphoniques:	*the directory assistance*
la baby-sitter:	*the babysitter*

Quand ils étaient petits, Charlotte les **conduisait** chez une **assistante maternelle**. Mais maintenant, ce n'est plus possible. L'assistante maternelle ne prend plus les **enfants de plus de six ans**.

conduire:	*to drive, to take*
une assistante maternelle:	*a childminder*
les enfants de plus de six ans:	*children over six years*

Le mercredi, c'est le jour des **loisirs** pour les enfants. David va au cours de tennis. Il joue très bien et il participe déjà à des **tournois** dans le **club sportif** de la commune. Mathilde prend des leçons de guitare. Elle est très douée pour la musique. Et cette activité **correspond** bien à son **caractère** calme et réservé. De temps en temps, elle va chez une copine qui joue du piano quelques rues plus loin et elles jouent ensemble.

les loisirs:	*the hobbies*
le tournoi:	*the tournament*
le club sportif:	*the sports club*
correspondre à:	*to correspond to*
le caractère:	*the character*

Tous les ans, à la **rentrée**, Charlotte doit acheter le **matériel** nécessaire : **crayons**, **cahiers**, **gommes**, **taille-crayon** (s'ils n'ont pas perdu celui de l'année dernière. L'année dernière, Mathilde avait un taille-crayon en forme de **poubelle**. Maintenant plus, et elle en voudrait un en forme de citron), **colle** (quand ils étaient petits, les enfants avaient des petits **pots de colle** à papier qui **sentait** si bon qu'ils la mangeaient ! Maintenant, ils ont des **tubes de colle** universelle), et **stylos** (les enfants aiment beaucoup les **couleurs fluo**, mais Charlotte n'en achète pas ; elle dit que c'est pour **s'amuser** et qu'il faut travailler **sérieusement** à l'école).

la rentrée:	*the start of the school year*
le matériel:	*the school supplies*
le crayon:	*the pencil*
le cahier:	*the copybook*
la gomme:	*the eraser*
le taille-crayon:	*the pencil sharpener*
la poubelle:	*the bin*

la colle :	*the glue*
le pot de colle:	*the pot of glue*
sentir:	*to smell*
le tube de colle:	*the tube of glue*
le stylo:	*the pen*
la couleur fluo:	*the fluorescent color*
s'amuser :	*to play, to mess around*
sérieusement :	*seriously*

David ne comprend pas pourquoi tout ce matériel est nécessaire, car il veut devenir **pompier** plus tard, quand il sera plus grand. Il dit qu'il n'a pas besoin de **savoir lire et écrire**. Et il n'a pas besoin non plus de **passer le bac** ni de **faire des études**.

le pompier:	*the fireman*
savoir lire et écrire:	*to read and write*
passer le bac:	*to take, sit the baccalaureate exam*
faire des études:	*to study*

De temps en temps, les enfants font des **excursions** avec la classe. L'année dernière, le **professeur de physique** a **emmené** ses élèves à Paris pour visiter le Palais de la Découverte. Pendant le voyage en train, certains garçons ont fait des bêtises. Charlotte a appris que son fils avait **rampé** sous les **sièges** des voyageurs et qu'il avait reçu une **heure de colle**.

une excursion:	*an excursion, a trip*
le professeur de physique:	*the physics teacher*
emmener qqn:	*to take sb*
ramper :	*to crawl*
le siège :	*the seat*
une heure de colle :	*one hour of detention*

Il y a plusieurs années, les enfants de **l'école primaire** ont fait une excursion en forêt avec leur **maîtresse**.

une école primaire:	*a primary school*
le maître, la maîtresse:	*the schoolteacher*

Malheureusement, Mathilde **s'était trompée** de jour. L'excursion devait **avoir lieu** le lundi **suivant**. Elle n'a pas **emporté** son **cartable**, mais seulement un petit pique-nique. Et quand elle est rentrée le soir, elle a **pleuré** parce que la maîtresse lui avait **reproché** de ne pas avoir **apporté** son cahier d'exercices.

se tromper de:	*to mix up, to make a mistake*
avoir lieu:	*to take place*
suivant,e :	*following*
emporter qch :	*to take sth*
le cartable :	*the schoolbag*
pleurer :	*to cry*
reprocher à qqn de:	*to reproach sb for*
apporter qch :	*to bring sth*

Finalement, Mathilde est allée en excursion le lundi suivant. Elle est rentrée le soir enchantée. Elle avait **pique-niqué** dans la forêt et vu des **cygnes** et des **canards**, ce qui a **rendu** son petit frère **jaloux**. Pour **faire plaisir** à David, leur père, Georges, les a emmenés plus tard faire une nouvelle **balade** en forêt.

pique-niquer:	*to picnic*
le cygne:	*the swan*
le canard:	*the duck*
rendre :	*to make*
jaloux,se:	*jealous*
faire plaisir à:	*to please, to make happy*
la balade :	*the walk, trip*

Les enfants **passent un week-end sur deux** chez leur père. Georges **vient les chercher** le vendredi soir. Et comme il ne travaille pas le samedi, il les conduit à l'école et leur fait à manger à midi.

passer:	*to spend*
un week-end sur deux:	*every other weekend*
venir chercher qqn:	*(to come and) pick sb up*

Enfin, c'est vendredi soir ! Charlotte peut enfin **se reposer** et **s'occuper** d'elle-même…

se reposer: — *to rest, to relax*
s'occuper de: — *to take care of*

Quelques expressions utiles :

— les enfants font leurs devoirs le soir à la maison.
— inscrire un enfant à la cantine
— aller au collège
— rentrer à la maison
— aller chercher les enfants à l'école
— faire ses devoirs
— allumer et éteindre la télévision
— faire des fautes
— réviser ses leçons
— faire du calcul: des additions, des soustractions, des multiplications et des divisions
— faire des exercices de géométrie
— passer un contrôle
— participer à une réunion de parents d'élèves
— avoir de bonnes notes, de mauvaises notes
— les enfants mangent à la cantine
— faire des bêtises
— avoir une heure de colle
— avoir des loisirs
— acheter du matériel pour la rentrée scolaire
— savoir lire et écrire
— apprendre à lire et à écrire
— apprendre à compter
— passer le bac
— faire des études
— faire une excursion

Le médecin, le dentiste

Mathilde a la **grippe**. Il faut aller chez **le médecin**. Ce n'est pas très **grave**, mais la jeune fille doit prendre un **antibiotique** pendant cinq jours. Elle prend aussi du **sirop** contre la **toux** et des **gouttes** pour le **nez**, que Charlotte a acheté à la **pharmacie**.

la grippe:	*the flu*
le médecin:	*the doctor*
grave:	*serious*
un antibiotique:	*antibiotics*
le sirop:	*the syrup*
la toux:	*the cough*
la goutte:	*the drop*
le nez:	*the nose*
la pharmacie:	*the pharmacy*

Le médecin a **conseillé** aussi à Mathilde de boire un **bol** de lait chaud avec du **miel** le matin et une petite **tisane** le soir. En tout cas, elle doit boire beaucoup et **se reposer**.

conseiller:	*to advise, to recommend*
le bol:	*the bowl*
le miel:	*the honey*
la tisane:	*the herbal tea*
se reposer:	*to rest, to have a rest*

Elle a un peu de **fièvre**, et il est préférable qu'elle reste au lit pendant plusieurs jours. **À cause de** la **maladie** de sa fille, Charlotte doit prendre un **congé** non payé. Mais heureusement, l'**assurance-maladie** l'**indemnise** pour son **arrêt de travail**.

la fièvre:	*the fever, high temperature*
à cause de:	*because of*
la maladie:	*the disease*
le congé:	*the day off*
une assurance-maladie:	*a health insurance*
indemniser:	*to indemnify*
un arrêt de travail:	*a sick leave*

L'**assurance complémentaire** (qu'on appelle la **mutuelle**, et qui n'est pas **obligatoire**) **rembourse** les **médicaments**. C'est bien agréable, parce que c'est **cher**, tous ces médicaments !

une assurance complémentaire:	*additional insurance*
la mutuelle:	*mutual insurance*
obligatoire:	*mandatory, compulsory*
rembourser:	*to refund*
le médicament:	*the medicine*
cher, chère:	*expensive*

Quand les enfants étaient petits, ils ont été **vaccinés** contre la **rougeole**, la **tuberculose** et le **tétanos**. Mais il y a aussi d'autres maladies, et Mathilde a eu les **oreillons** à quatre ans, la **varicelle** à cinq ans, une **bronchite** à huit ans, une **angine** à neuf ans, et maintenant, elle a la grippe ! Avec tous les **microbes** et les **bactéries** qui se promènent à l'école, ce n'est pas étonnant.

vacciner:	*to vaccinate*
la rougeole:	*measles*
la tuberculose:	*tuberculosis*
le tétanos:	*tetanus*
les oreillons:	*mumps*
la varicelle:	*chickenpox*
la bronchite:	*bronchitis*
une angine:	*throat infection*

le microbe:	*the microbe*
la bactérie:	*the bacterium*

La **pauvre** Mathilde ! Elle a maintenant des **plaques** rouges et des **boutons** sur la **peau** des **bras** et des **jambes**. Le docteur dit qu'elle fait une **allergie** aux antibiotiques. Ce n'est pas **fréquent**, mais ce n'est pas **rare** non plus. Elle a des **démangeaisons** la nuit. Elle dort mal et elle **se gratte** beaucoup. Ce n'est vraiment pas **drôle**.

pauvre:	*poor*
la plaque:	*the blotch*
le bouton:	*the spot*
la peau:	*the skin*
le bras:	*the arm*
la jambe:	*the leg*
une allergie:	*an allergy*
fréquent,e:	*frequent*
rare:	*rare*
la démangeaison:	*the itch*
se gratter:	*to scratch*
drôle:	*funny*

David, lui, a des problèmes de **dentition**. Il doit porter un **appareil dentaire**, parce que ses **dents** ont **poussé de travers**. C'est assez **gênant** car sa **langue touche** l'appareil quand il parle, et donc il **zézaie**.

la dentition:	*the denture*
un appareil dentaire:	*braces*
la dent :	*the tooth*
pousser :	*to grow, come through*
de travers :	*crooked*
gênant :	*annoying*
la langue:	*the tongue*
toucher:	*to touch*
zézayer:	*to lisp, have a lisp*

Il n'aime pas parler comme ça devant ses copains. Charlotte **encourage** son fils en lui disant que bientôt, il sera un très beau garçon, avec des dents parfaites, qu'il **osera sourire** et parler normalement.

encourager:	*to encourage*
oser:	*to dare*
sourire:	*to smile*

Un jour, David a voulu imiter Superman, et il a **sauté** par la fenêtre. Heureusement, il n'y avait qu'un **étage**. Mais tout de même, il **s'est cassé une jambe**. Sur le moment, Charlotte a **paniqué**. Son fils **pleurait** beaucoup, et il **avait très mal**. Il a fallu appeler le **SAMU**. Mais Charlotte **s'est trompée** de numéro. **Au lieu de** faire le *quinze*, elle a **composé** le *dix-huit*. C'est le numéro des **pompiers**.

sauter:	*to jump*
un étage:	*a floor*
il s'est cassé une jambe:	*he broke his leg*
paniquer:	*to panic*
pleurer:	*to cry*
avoir mal:	*to be in pain*
le SAMU:	*emergency ambulance Service*
se tromper de :	*to get/take the wrong…*
au lieu de :	*instead of*
composer (un numéro):	*to dial*
le pompier:	*the fireman*

« Allô ? Vous avez appelé le Service des pompiers, qu'est-ce que je peux faire pour vous ?
— Oh, pardon ! Je voulais appeler le SAMU, dit Charlotte.
— Ce n'est rien, madame. Expliquez-moi quand même ce qui vous **arrive**.
— C'est mon fils. Il a sauté par la fenêtre. Je crois qu'il s'est cassé une jambe. Qu'est-ce que je dois faire ? Il a mal, il pleure…

qch arrive à qqn:	*sth happens to sb*

— Ne vous inquiétez pas, madame. Nous allons le conduire au **service des urgences** de **l'hôpital**. Quelle est votre adresse ?
— Au premier étage…

— Votre adresse exacte, madame, s'il vous plaît. Je vous demande où vous habitez. Nom de la commune, nom de la rue et numéro.
— Commune de Petiville, rue des Macaroni, numéro quarante-deux. Mon Dieu, qu'est-ce que je dois faire ?

le service des urgences:	*the emergency department*
un hôpital:	*a hospital*

— Ne paniquez pas, madame. Restez calme, nous arrivons dans quelques minutes. Une jambe cassée, ce n'est pas trop grave, il va **s'en remettre**. »

se remettre (de):	*to recover (from)*

Quand les pompiers sont arrivés, David avait déjà moins mal. Il a regardé avec des yeux **émerveillés** les deux hommes dans leur uniforme rouge et noir. Les pompiers, ce sont ses **héros** ! Ils l'ont conduit à l'hôpital dans la voiture de pompiers, avec le **gyrophare allumé**.

émerveillé,e:	*amazed*
un héros:	*a hero*
un gyrophare:	*flashing light*
allumé:	*on*

Un peu plus tard, les **médecins** lui ont mis un **plâtre**. David est retourné à l'école avec des **béquilles**. Tous ses copains à l'école étaient admiratifs, et David leur a expliqué qu'il a joué à Superman. Depuis, ses camarades de classe veulent tous avoir un plâtre aussi.

le médecin:	*the doctor*
le plâtre:	*the plaster cast*
la béquille:	*the crutch*

Quelques expressions utiles :

— tomber malade
— avoir une maladie
— appeler le médecin
— prendre des médicaments
— l'assurance rembourse les frais médicaux
— avoir de la fièvre
— prendre un congé maladie
— se faire vacciner
— faire une allergie à quelque chose
— être allergique à quelque chose
— se casser la jambe
— composer le 15 pour appeler le SAMU
— avoir mal, avoir des douleurs
— aller aux urgences de l'hôpital
— aller chez le médecin, aller voir le médecin

Les impôts, l'administration

Tous les ans, au mois de mai, Charlotte doit faire sa **déclaration d'impôts**. Comme tous les Français, d'ailleurs. Mais comme elle a horreur de ça, elle attend toujours le dernier jour. Ce n'est que le soir du trente et un mai qu'elle **allume** l'ordinateur pour faire sa déclaration. C'est la **date limite** ; espérons que la **connexion Internet** ne tombe pas **en panne**.

la déclaration d'impôts:	*the tax return*
allumer:	*to turn on*
la date limite :	*the deadline*
la connexion Internet:	*the internet connection*
tomber en panne:	*to break down*

En fait, ce n'est pas très compliqué. Elle doit se connecter sur le site Internet des impôts. Pour cela, elle tape son **numéro fiscal**, et le **formulaire** apparaît à **l'écran**. Elle doit **vérifier** le **montant** de son **salaire** puisque l'**administration fiscale** l'a déjà intégré dans le formulaire (le formulaire est **pré-rempli**), le montant de sa **pension alimentaire**, puisqu'elle est divorcée, avec des enfants **à charge**.

le numéro fiscal:	*the tax code*
le formulaire:	*the form*
un écran:	*a screen*
vérifier:	*to check*
le montant:	*the amount*
le salaire:	*the salary*
l'administration fiscale:	*the tax administration*
pré-rempli :	*pre-filled*
la pension alimentaire:	*the alimony*
des personnes à charge:	*dependent persons*

Elle n'a pas beaucoup de **frais professionnels**, et elle **bénéficie** d'un **forfait kilométrique** pour les **frais de transport**. Elle peut aussi bénéficier d'une **réduction d'impôt**, car elle emploie un jardinier tous les ans.

les frais professionnels:	*the professional expenses*
bénéficier (de):	*to benefit (from)*
le forfait kilométrique:	*the mileage rate*
les frais de transport:	*the travel cost*
la réduction d'impôt :	*the tax cut*

Autrefois, elle recevait le formulaire sur papier par la poste, elle devait le **signer** et le **retourner** par la poste également. Maintenant, en principe, c'est plus simple et rapide. En principe seulement, car il est minuit moins le quart, et Charlotte, assise devant son ordinateur, la petite lampe de bureau allumée, n'a pas encore terminé sa déclaration.

signer:	*to sign*
retourner:	*to return, to send back*

Il lui semble avoir trouvé une erreur dans le montant du **salaire annuel**, alors elle a pris sa **calculette** et a **additionné** tous les montants de tous ses **bulletins de salaire**. Mais est-ce qu'il faut additionner le **montant brut**, le **montant net** ou le **montant net imposable** ? Certainement le montant net imposable. Charlotte a toujours détesté **la comptabilité**. Elle n'a jamais rien compris aux **chiffres**. Finalement, le montant indiqué dans le formulaire doit bien être correct. Et c'est à minuit moins quatre qu'elle **clique** enfin sur *Signer ma déclaration*.

le salaire annuel:	*the annual salary*
la calculette:	*the pocket calculator*
additionner:	*to add*
le bulletin de salaire:	*the pay slip*
le montant brut:	*the gross amount*
le montant net:	*the net amount*
le montant imposable:	*the taxable amount*
la comptabilité:	*the accounting, bookkeeping*
le chiffre:	*the number, figure*

cliquer (sur):	*to click*

Un petit symbole rond apparaît à l'écran, une sorte de **cadran** virtuel qui **tourne** pour faire **patienter** l'**utilisateur**. Encore quelques secondes, et Charlotte devrait recevoir un ***récépissé***, c'est-à-dire un **document PDF** qu'elle va **enregistrer** sur son ordinateur avant d'aller se coucher.

le cadran:	*the dial*
tourner:	*to turn, to rotate*
patienter:	*to wait*
un utilisateur:	*a user*
le récépissé:	*the acknowledgment of receipt*
le document PDF:	*the PDF document*
enregistrer:	*to save*

Mais la petite horloge continue de tourner indéfiniment. **Zut** ! Charlotte vérifie la connexion Internet. Parfois, il y a des petites **coupures de connexion**. Et Charlotte n'a jamais compris pourquoi. Effectivement, l'ordinateur **semble déconnecté**. Est-ce qu'il s'agit de la connexion Wifi ou de la connexion ADSL ? Aucune idée. Il va falloir **débrancher** et **redémarrer** le modem.

zut:	*drat*
une coupure:	*a cut-off*
sembler:	*to seem*
déconnecter:	*disconnected*
débrancher:	*to unplug*
redémarrer:	*to restart*

Sur la pointe des pieds pour ne pas réveiller les enfants, elle descend dans le couloir où est installé le modem. Elle le **débranche** et le **rebranche** aussitôt.

débrancher:	*to unplug*
brancher:	*to plug in*

Bon, maintenant il faut attendre plusieurs minutes. La technologie est parfois capricieuse. Il y a souvent des problèmes avec l'ordinateur, sans parler des **virus** et compagnie. Son **logiciel antivirus** en découvre toutes les semaines sur sa messagerie !

le virus:	*the virus*
le logiciel:	*the software*
un antivirus:	*an antivirus software*

Ah ! Ça y est ! Le modem est de nouveau **connecté**. Charlotte remonte à son bureau, et sous la lumière **blafarde** de l'écran, elle constate que son formulaire est bien envoyé. Mais il est minuit deux. Est-ce qu'elle va être **pénalisée** pour ce **retard** ? L'administration fiscale va peut-être lui demander de payer des **pénalités**. « Flûte ! Ce n'est vraiment pas **juste** ! Pour seulement deux minutes de retard ! »

connecté,e:	*connected*
blafard,e:	*wan, pale*
pénalisé,e:	*penalized, sanctionned*
le retard:	*the delay, lateness*
la pénalité:	*the late payment penalty*
juste :	*fair*

Au mois d'août, elle recevra son **avis d'imposition**, qui indique ses **revenus** et le montant de l'**impôt** à payer. Normalement, elle n'est pas **imposable sur le revenu**. Plus tard, au mois d'octobre, elle paiera **la taxe foncière** et la **taxe d'habitation**.

un avis d'imposition:	*a notice of assessment*
le revenu:	*the income*
un impôt:	*a tax*
être imposable sur le revenu:	*to be liable to income tax*
la taxe foncière:	*the property tax*
la taxe d'habitation:	*the council tax, local tax*

Enfin, elle va se coucher. Mais elle n'en a pas fini avec la **paperasse** ! Demain, elle veut vérifier tous ses **contrats d'assurance**. Elle est persuadée qu'elle en a trop. Elle peut peut-être **résilier** quelques contrats et **faire des économies**. Elle se lève donc très tôt, avant les enfants, et examine un **épais classeur**, dans lequel sont **rangés** tous ses papiers d'assurance. **Assurance habitation**,

responsabilité civile, assurance-vie, arrêt de travail... Par exemple, est-ce qu'elle a vraiment besoin de cette **assistance juridique** ?

la paperasse:	*the paperwork*
le contrat d'assurance:	*the insurance contract*
résilier:	*to terminate*
faire des économies:	*to save money*
épais,se:	*thick*
le classeur:	*the binder*
rangé,e:	*tidy*
une assurance habitation:	*a house insurance*
la responsabilité civile:	*the public liability*
une assurance-vie:	*a life insurance*
un arrêt de travail:	*a sick leave*
une assistance juridique:	*a legal expenses insurance*

Si elle résilie ce contrat, elle peut économiser trente euros par mois. Et l'**assurance invalidité** ? Est-ce qu'elle en a vraiment besoin, puisque son **assurance-maladie** comprend déjà une protection contre l'invalidité et les arrêts de travail ? Charlotte essaie de **comparer** les différentes **clauses** de ces contrats. Mais c'est un travail tellement compliqué et **assommant** qu'elle **abandonne** vite.

une assurance invalidité:	*a disability insurance*
une assurance maladie:	*a health insurance*
comparer:	*to compare*
la clause:	*the clause*
assommant,e:	*tedious*
abandonner:	*to give up*

Et sa future **retraite** ! Bien sûr, elle est très importante. Mais la **compagnie d'assurances** ne lui envoie aucun **relevé de situation** depuis cinq ans ! Charlotte regarde l'heure. Il est trop tôt pour téléphoner. Elle note le numéro de l'agence pour l'appeler plus tard, de son travail.

une retraite:	*a pension*
la compagnie d'assurances:	*the insurance company*
un relevé de situation:	*a pension statement*

Et maintenant, le réveil sonne, il est sept heures et demie, et il faut réveiller les enfants !

Quelques expressions utiles :

— faire sa déclaration d'impôts
— respecter la date limite
— remplir un formulaire
— avoir des enfants ou d'autres personnes à charge
— bénéficier d'une réduction d'impôt
— faire sa comptabilité
— payer des pénalités de retard
— payer des impôts
— être imposable sur le revenu

Travail, emploi

Charlotte travaille à **Pôle Emploi**. C'est ainsi qu'on appelle maintenant l'**Agence nationale pour l'emploi**. Elle est **conseillère**. Son travail consiste à **conseiller** et **orienter** les gens qui recherchent un **emploi**. Malheureusement, il y a beaucoup de **chômage**. Le **taux de chômage** a encore **augmenté** cette année.

le Pôle Emploi:	*the employment centre*
l'Agence nationale pour l'emploi:	*the National Employment Agency*
le conseiller, la conseillère:	*the adviser*
conseiller:	*to advise*
orienter:	*to guide*
un emploi :	*a job*
le chômage:	*the unemployment*
le taux de chômage:	*the rate of unemployment*
augmenter:	*to increase*

Avec la **crise économique**, il y a beaucoup de **licenciements** ; les entreprises font des économies et **embauchent** moins de **personnel**. Il y a donc beaucoup de gens que Charlotte doit conseiller et orienter.

la crise économique:	*the economic crisis*
le licenciement:	*the dismissal*
embaucher:	*to take on, to hire*
le personnel:	*the staff*

Par exemple, ce matin, elle aide une jeune femme à **rédiger** son **curriculum vitae**.

« Je n'ai rien à mettre dans mon **CV**, dit la jeune femme.

— Voyons, qu'est-ce que vous avez fait avant votre **congé maternité** ?

— J'ai travaillé dans une **entreprise de transport**. J'étais dans le **service après-vente**, relations avec la **clientèle**.

— Très bien, nous allons l'écrire dans votre CV. Et ensuite ?

rédiger:	*to write*
le curriculum vitae:	*the curriculum vitae, resumé*
le CV (prononcer 'cévé'):	*the CV*
le congé maternité:	*maternity leave*
une entreprise de transport:	*a haulage company*
le service après-vente:	*the after-sales service*
la clientèle:	*the clientele, customer base*

— L'entreprise a **fait faillite** pendant mon congé maternité et n'a pas pu **prolonger** mon **contrat**. Alors j'ai décidé de rester à la maison pour **élever** mes enfants. Maintenant, ça fait trois ans que je n'ai pas travaillé, parce que je n'ai pas **retrouvé** d'emploi. Ce n'est pas **terrible** pour le CV, ça.

— Mais si, voyons ! Élever des enfants, c'est du travail et c'est tout à fait **légitime**. On va le mettre dans le CV. Ce n'est pas grave.

faire faillite:	*to go bankrupt*
prolonger:	*to extend*
un contrat:	*a contract*
élever:	*to raise*
retrouver:	*to find (again)*
ce n'est pas terrible:	*it's nothing to write home about*
légitime:	*legitimate*

— Mais ce n'est pas une **expérience professionnelle**. **D'ailleurs**, toute mon expérience ne **sert** à rien, puisque je voudrais **changer de métier**.

une expérience professionnelle: professional experience

d'ailleurs :	*what is more, this being said*
servir à qch:	*to serve to*
ne servir à rien:	*to serve no purpose*
changer de métier:	*to change jobs*

— Ah, bon ? Qu'est-ce que vous voulez faire ? Vous ne voulez plus travailler dans les relations clientèle ? demande Charlotte, étonnée.

— Non. Je n'aime plus le **secteur commercial**. Je voudrais travailler dans le design et créer des meubles. J'ai fait une **formation à distance** pendant mes trois années de congé maternité.

— Ah ! Vous voyez, nous pouvons l'**ajouter** à votre CV, c'est un **plus**. Vous avez donc une formation **supplémentaire**.

le secteur commercial:	*the commercial sector*
la formation à distance:	*distance learning*
ajouter:	*to add*
un plus:	*a plus*
supplémentaire:	*additional*

— Oui, mais sans **rapport** avec mon expérience précédente. D'ailleurs, ce que j'aimerais vraiment, c'est devenir **autoentrepreneur**. Je n'aurais plus d'**employeur**, et je serais indépendante. Mais je pense que c'est très difficile, car je n'ai pas beaucoup de contacts. Et les **relations**, c'est très important.

le rapport:	*the link, connection*
un autoentrepreneur:	*a self-employed person*
un employeur :	*an employer*
les relations:	*the connections*

— Vous savez, vous pouvez sûrement **bénéficier** d'une **aide financière** de l'État si vous vous **mettez à votre compte**.

bénéficier de:	*to benefit from*
une aide financière:	*a financial assistance*
se mettre à son compte:	*to start your own business*

— C'est vrai ?
— Oui, tenez, nous allons préparer votre **dossier**... »

le dossier:	*the (application) file*

Charlotte **se donne du mal** pour bien conseiller les personnes.

Ce n'est pas toujours facile, comme par exemple avec ce monsieur de cinquante ans qui ne veut plus travailler. Elle essaie de le **raisonner** :

« Mais qu'est-ce que vous allez faire, si vous ne voulez plus travailler ? Vous êtes encore loin de la **retraite**.

se donner du mal:	*to go to great pains, to work hard*
raisonner:	*to reason with*
la retraite:	*the retirement*

— Je m'en **fiche**, je ne veux plus travailler. Tous les **patrons** me trouvent déjà trop vieux. C'est une **honte** ! On n'est pas vieux à cinquante **balais**.

— Non, c'est exact, vous n'êtes pas vieux. Et vous avez encore beaucoup d'énergie, c'est pourquoi vous allez retrouver du travail bientôt. Peut-être pas tout de suite un **CDI**, mais au moins un **CDD**.

je m'en fiche:	*I don't care*
le patron:	*the employer*
c'est une honte:	*it's shameful*
à 50 balais (informal):	*with 50 years*
le CDI (Contrat à Durée Indéterminée):	*the open-ended contract*
CDI (prononcer 'Cédé-eeh)	
le CDD (Contrat à Durée Déterminée):	*the fixed-term contract*
CDD (prononcer 'cédédé')	

— Bientôt ? Ça fait déjà deux ans que je suis au chômage. Personne ne veut de moi. Et **d'ailleurs** c'est très bien, parce que je ne veux plus travailler. Avec tout ce que l'État nous prend, les taxes, les impôts, les **cotisations**, la vie est chère, trop chère. Je préfère rester chez moi. Au moins, je suis tranquille, et je vais **vivre** des **allocations chômage** et du **RSA**.

d'ailleurs:	*incidentally*
la cotisation:	*the contribution*
vivre de:	*to live on*
les allocations chômage:	*the unemployment benefits*
le RSA (Revenu de Solidarité Active):	*welfare (government benefits)*

— Mais vous n'aurez plus **droit** aux allocations chômage dans un an ! Et d'ailleurs, si vous ne faites plus d'efforts pour retrouver un emploi, nous pouvons même stopper vos allocations chômage immédiatement !

— Mais vous ne pouvez pas me faire ça, madame Charlotte ! Ça fait deux ans qu'on se voit, vous et moi, tous les **trimestres** ! Tous les trimestres on a un **rendez-vous** ! On est presque des amis. Vous n'allez pas me **couper** les allocations chômage. Vous savez bien que je ne suis pas un mauvais homme.

avoir droit à:	*to be eligible for*
le trimestre:	*the quarter, term*
le rendez-vous:	*the appointment, meeting*
couper:	*to cut off*

— Oui, bien sûr. Ne vous inquiétez pas, monsieur Jacques. Mais si mon directeur l'apprend, nous aurons des **ennuis**, vous et moi.

Ne dites pas que je n'ai pas fait d'efforts. J'ai envoyé six cent cinquante CV en vingt-quatre mois. J'en ai **marre**, des CV ! **Ras-le-bol**, des CV ! C'est fini. Je ne veux plus travailler.

— Six cent cinquante ? Vous êtes sûrs ? Bon, écoutez...

un ennui:	*trouble, problem*
en avoir marre (de):	*to be fed up (with)*
en avoir ras-le-bol (de):	*to be really fed up (with)*

— Avec leurs **CV** par-ci, leurs **CDD** par-là, et leurs **CDI** ! Ils m'**embêtent** avec toutes leurs **abréviations** !

embêter:	*to bother, to bug*
une abréviation:	*an abbreviation*

— Écoutez, je vous propose de **vous reposer** jusqu'à votre prochain **entretien**. **Réfléchissez** bien. Reposez-vous bien. Vous pouvez aussi réfléchir à un changement d'orientation. Le Pôle emploi peut vous proposer une formation **gratuite** dans un autre **domaine**...

se reposer:	*to rest*
un entretien:	*an interview*
réfléchir (à):	*to think (about)*
gratuit,e :	*free of charge*
le domaine:	*the field, area*

— Je m'en fiche. Je ne veux plus travailler.

— Réfléchissez et à dans trois mois ! Au revoir, monsieur Jacques. »

Ils **se serrent la main** et le monsieur s'en va. Charlotte soupire, son métier n'est pas facile. Pendant la **pause-café**, elle retrouve une ou deux **collègues**, d'autres **employées** de Pôle emploi. C'est un moment de **détente**, et elles discutent de différentes choses : du travail, des enfants, mais aussi des **congés**.

se serrer la main:	*to shake hands*
la pause-café:	*the coffee break*
le, la collègue:	*the colleague*
un, une employé,e:	*employee, member of staff*
la détente:	*the relaxation*
le congé:	*the time off, leave*

Après quelques autres entretiens, le soir arrive, et Charlotte rentre chez elle.

Quelques expressions utiles :

— embaucher du personnel
— licencier du personnel
— chercher un travail, un emploi
— rédiger un curriculum vitae (CV)
— prendre un congé maternité
— travailler dans le service après-vente
— travailler dans les relations avec la clientèle
— une entreprise fait faillite
— signer un contrat de travail
— prolonger un contrat à durée déterminée
— retrouver un travail après une période de chômage
— avoir une expérience professionnelle
— faire une formation à distance
— devenir autoentrepreneur
— bénéficier d'une aide financière de l'État
— se mettre à son compte
— prendre sa retraite
— avoir droit à des allocations chômage

Le mariage (et le divorce)

George et Charlotte sont **divorcés** depuis trois ans. Ça n'a pas **marché** entre eux, et Charlotte le **regrette** beaucoup. Avec le **recul**, elle se **rend compte** de leurs différences de caractère. Il y avait des choses, pendant leur **mariage**, qui n'allaient pas du tout.

divorcé,e:	*divorced*
marcher:	*to work*
regretter:	*to regret*
avec le recul:	*retrospectively*
se rendre compte de:	*to realise, to become aware of*
le mariage:	*the marriage*

Par exemple, George est quelqu'un qui veut toujours **avoir raison**. Il est très **généreux** et **chaleureux**, et il a beaucoup d'autres **qualités** aussi, mais il se met facilement en **colère**, et c'est **fatigant**. Bien sûr, Charlotte a ses **défauts** aussi. Elle est peut-être un peu trop **maternelle**, par exemple. Elle est aussi très **maniaque**.

avoir raison:	*to be right*
généreux,se:	*generous*
chaleureux,se:	*warm, friendly*
la qualité:	*the quality*
la colère:	*the anger*
fatigant,e:	*tiring*
le défaut:	*the flaw, the defect*
maternel,le:	*maternal, motherly*
maniaque:	*pernickety, fussy*

Son perfectionnisme n'a pas de limites. Elle **s'énerve** quand quelque chose n'est pas bien **rangé** dans la maison. Et puis ils ont eu une période plus difficile et stressante, avec beaucoup de problèmes de travail. Ça a créé des **tensions**, et les **disputes** sont devenues **quotidiennes**. C'était **éprouvant** pour tout le monde, y compris les enfants, naturellement. Alors, ils ont décidé de divorcer.

s'énerver:	*to get angry*
rangé:	*tidy*
la tension:	*the stress, tension*
la dispute:	*the quarrel, argument*
quotidien,ne:	*daily*
éprouvant,e:	*trying, difficult*

Ils **s'entendent** bien, maintenant, et ils sont restés **bons amis**. Georges prend les enfants chez lui **un week-end sur deux**, et il aide Charlotte quand il y a des réparations à faire dans la maison. Il **rend service** comme il peut, et c'est vraiment très agréable. Ils n'ont pas de **rancune** l'un **envers** l'autre. Et Georges s'est même **confié** à son **ex-femme**, un jour qu'il avait des **soucis** professionnels et qu'il n'avait pas le **moral**. Ils ont passé un moment d'**amitié** profonde et de respect mutuel.

s'entendre:	*to get on with each other, to get along*
rester bons amis:	*to stay friends*
un week-end sur deux:	*every other week-end*
rendre service:	*to be helpful*
la rancune:	*the grudge, resentment*
envers:	*towards*
se confier (à):	*to confide (in)*
le soucis:	*the worry*
avoir le moral:	*to be in good spirits*
une amitié:	*a friendship*

Georges n'a pas retrouvé de **compagne** depuis le divorce, du moins pas de relation **durable** et sérieuse. Et Charlotte n'a pas retrouvé de **compagnon** non plus. Un jour, peut-être, il se **remarieront**, mais pour cela, il faudrait retomber **amoureux**. Et pour cela, il faudrait que Georges arrête de mettre ses pieds sur la table basse quand il regarde la télé. Ça, Charlotte ne le **supportait** pas. Il n'enlevait même pas ses chaussures.

la compagne:	*partner (fem.)*
durable:	*durable*
le compagnon:	*partner (masc.)*
se remarier:	*to marry again*
tomber amoureux,se:	*to fall in love*
supporter:	*to bear, tolerate*

Pourtant, il y a des années, comme ils ont été amoureux ! Ils se sont rencontrés pendant un **stage** de kayak. Ils étaient tous les deux **débutants**, et ils apprenaient à faire du kayak sur la **rivière**, avec un groupe de dix ou douze personnes. Ils n'étaient pas très sexys dans leurs costumes sportifs **moulants**, mais ils se sont beaucoup **plu**.

le stage:	*the course*
le débutant, la débutante:	*the beginner*
la rivière:	*the river*
moulant,e:	*skin-tight*
se plaire:	*to like each other*

Après le stage, Georges a invité Charlotte à faire une promenade en **pédalo** sur le lac, et c'était **tellement** romantique qu'ils ont, plus tard, **passé la nuit ensemble**.

le pédalo:	*the pedalo, paddle boat*
tellement:	*so, so much*
passer la nuit ensemble:	*to spend the night together*

Le jour du mariage était, comme on dit, « le plus beau jour de la vie de Charlotte ». **Tout le monde** était habillé en costume 1900, et ils avaient **loué** une **calèche** avec deux chevaux pour les conduire de l'**église** à la **mairie**.

tout le monde:	*everybody*
louer:	*to rent, hire*
la calèche:	*horse-drawn carriage*
une église:	*a church*
la mairie:	*the town hall*

Les **témoins** ont eu **les larmes aux yeux** quand les deux **mariés** ont dit « oui » devant le **prêtre**, et quand George a passé l'**alliance** au doigt de Charlotte. Et particulièrement la maman de Charlotte pleurait **à chaudes larmes**. Comme elle n'avait pas de mouchoir, elle **s'essuyait** les yeux avec la cravate de son **mari**.

le témoin:	*the witness*
avoir les larmes aux yeux:	*have tears in the eyes*
le marié, la mariée:	*the groom, the bride*
le prêtre:	*the priest*
une alliance:	*a wedding ring*
pleurer à chaudes larmes:	*to cry your eyes out*
s'essuyer:	*to wipe*
le mari:	*the husband*

Le soir, il y a eu un grand repas, avec de la musique et des danses. Beaucoup se sont **cotisés** pour offrir un **voyage de noces** aux jeunes mariés. Et peu de temps après, Charlotte et son mari sont partis faire un voyage de dix jours à Rome.

se cotiser:	*to contribute, to club together*
le voyage de noces:	*the honeymoon*

Aujourd'hui, la page est tournée, et la vie continue. Sans Georges. Mais le temps passe vite, et Charlotte **s'inquiète** de ne pas encore avoir trouvé **l'homme de sa vie**. Une copine lui a **conseillé** de mettre une **petite annonce** dans le journal. Mais Charlotte préfère que les choses **se fassent** naturellement.

s'inquiéter:	*to be worried*
l'homme, la femme de sa vie:	*the love of her/his life*
conseiller (à):	*to suggest, recommend (to)*
la petite annonce:	*the classified ad*
se faire naturellement:	*to happen naturally*

Elle a un collègue de travail qu'elle **apprécie** beaucoup. Et ils ont pris un café ensemble, il y a quelques mois. Mais Charlotte n'a pas envie de vivre avec quelqu'un qui travaille dans la même entreprise.

Ils risqueraient de ne plus pouvoir **se déconnecter** du travail, le soir à la maison.

apprécier:	*to like, appreciate*
se déconnecter:	*to take a break*

En ce moment, elle prend des cours de yoga le jeudi soir, et elle a eu un **coup de cœur** pour son professeur, Patrick. Il a beaucoup de charme, la **quarantaine**, et il **semble** apprécier Charlotte aussi, elle en a du moins l'impression.

avoir un coup de cœur pour:	*to be taken with*
avoir la quarantaine:	*to be around 40 years old*
sembler:	*to seem*

Mais elle n'a pas osé **faire le premier pas**. En tout cas, il est **doux**, **gentil** et **patient** ; ce n'est certainement pas quelqu'un qui se met facilement en colère. Il est **cultivé** et il a beaucoup voyagé. Est-ce qu'il serait **d'accord** pour former une famille avec Charlotte et ses enfants ? Il est bien sûr trop tôt pour y penser, mais Charlotte ne peut pas **s'empêcher** de se poser cette question essentielle.

faire le premier pas:	*to make the first move*
doux,ce:	*gentle*
gentil,le:	*kind*
patient,e:	*patient*
cultivé,e:	*cultivated*
être d'accord:	*to agree*
ne pas pouvoir s'empêcher de:	*can't help doing*

« Tu réfléchis trop, lui a dit sa copine Nathalie. **Vas-y** ! Lance-toi et parle-lui.
— Mais je ne veux pas avoir l'impression de le **draguer**, a répondu Charlotte.
— **Qu'est-ce que ça peut faire** ?

vas-y:	*go ahead*
draguer:	*to chat up, to hit on*
qu'est-ce que ça peut faire ?:	*who cares?*

— J'ai besoin que les choses se fassent avec **finesse** et **poésie**.

— Bien sûr ! C'est **tout à fait compréhensible**. Tu peux simplement lui dire quelques mots à la fin du cours, au sujet du yoga, ou lui **poser une question** technique. Tu n'es pas **obligée** de l'inviter tout de suite à dîner.

— C'est ce que j'ai fait, mais... »

la finesse:	*the subtlety, delicacy*
la poésie:	*the poetry*
tout à fait:	*absolutely*
compréhensible:	*understandable*
poser une question:	*to ask a question*
être obligé,e de:	*to have to, must*

Finalement, une nouvelle occasion d'**aborder** Patrick se présente. Le centre culturel qui organise, **entre autres**, les cours de yoga, offre une **soirée dansante**, et tous les **adhérents** sont invités. La fête **a lieu** samedi, et pendant toute la semaine, Charlotte est excitée à l'idée d'avoir enfin une vraie conversation avec Patrick.

aborder:	*to approach*
entre autres:	*among others*
la soirée dansante:	*the dance*
un, une adhérent,e:	*a member*
avoir lieu:	*to take place*

Enfin, le soir de la fête arrive, et Charlotte met une jolie **robe**. Elle se fait des **tresses** qui la font **ressembler** à une **écolière**. Elle est vraiment **ravissante**.

la robe:	*the dress*
la tresse:	*the plait, braid*
ressembler à:	*to look like*
un écolier, une écolière:	*a schoolboy, a schoolgirl*
ravissant,e:	*delightful*

« Oh, là, là ! s'exclame Nathalie qui l'accompagne à la fête, tu es trop **mignonne**, comme ça ! Tu as un charme fou !

— C'est peut-être **exagéré**, répond Charlotte en examinant sa **coiffure** dans la **glace**. Tout le monde va penser que je veux **plaire** à un homme. »

mignon,ne:	*cute*
exagéré,e:	*excessive, exaggerated*
la coiffure:	*the hairstyle*
la glace:	*the mirror*
plaire (à):	*to appeal (to)*

Elle **défait** ses tresses et **attache** ses cheveux sur la **nuque** avec un élastique fantaisie. « Dommage, dit Nathalie, c'est moins original. Mais tu es jolie **quand même**. »

défaire:	*to undo*
attacher:	*to tie back*
la nuque:	*the neck*
quand même:	*even though, anyway*

Il y a **beaucoup de monde** à la fête. Charlotte et Nathalie prennent un verre de champagne et se promènent **parmi** les invités. Charlotte cherche Patrick des yeux, et enfin elle l'**aperçoit**, un peu plus loin, accompagné d'une autre femme, **indubitablement** sa **petite amie** ou sa **fiancée**. Ils **se tiennent par la main**.

beaucoup de monde:	*a lot of people*
parmi:	*among*
apercevoir:	*to catch sight of*
indubitablement:	*undoubtedly*
la petite amie:	*the girlfriend*
le, la fiancé,e:	*the fiancé*
se tenir par la main:	*to hold hands*

« Comme je suis **bête**, se dit-elle. Parce que je suis divorcée et **célibataire**, je m'imagine que **tout le monde** l'est aussi ! Et tous les autres hommes à cette fête sont **soit** trop **âgés**, soit trop jeunes ou déjà mariés. »

bête:	*stupid*
célibataire:	*single, unmarried*

tout le monde:	*everybody*
soit... soit:	*either... or*
âgé,e:	*old*

Déçue, Charlotte **se contente** de **saluer** Patrick et sa compagne d'un « Bonsoir, comment ça va ?... Oui, ça va... » et quitte très tôt la fête, **alors que** la soirée **bat encore son plein**.

déçu,e:	*disappointed*
se contenter de:	*to confine oneself to*
saluer:	*to greet*
alors que:	*while*
battre son plein:	*to be in full swing*

« Ne **t'inquiète** pas, dit Nathalie pour **consoler** son amie. J'ai l'**intention** d'organiser un dîner à la maison, avec différents invités. Et je voudrais te **présenter** un copain, Michel. Il est célibataire, **consultant** en télécommunications, ou quelque chose comme ça. Il est super sympa et il a beaucoup d'**humour**. Il va sûrement te **plaire**. »

s'inquiéter:	*to worry*
consoler:	*to console, comfort*
avoir l'intention de:	*to intend to*
présenter:	*to introduce*
le, la consultant,e:	*the consultant*
avoir de l'humour:	*to be funny*
plaire (à):	*to appeal (to)*

Mais Charlotte écoute **à peine**. Elle s'assoit tristement au **volant** de sa voiture et tourne la **clé de contact**. À sa grande surprise, la voiture ne **démarre** plus.

à peine:	*hardly, barely*
le volant:	*the wheel*
la clé de contact:	*the ignition key*
démarrer:	*to start*

Quelques expressions utiles :

— se marier, divorcer
— avoir des qualités/des défauts
— se disputer
— tomber amoureux
— s'entendre bien
— rester bons amis
— avoir un compagnon, une compagne
— avoir un petit ami, une petite amie
— plaire à une personne
— le mari et la femme
— le fiancé et la fiancée
— le marié et la mariée
— passer l'alliance au doigt de quelqu'un
— faire un voyage de noces
— se cotiser pour offrir quelque chose à quelqu'un
— trouver l'homme/la femme de sa vie
— faire le premier pas
— aborder une personne
— se tenir par la main
— présenter une personne à une autre personne

La voiture

Il a fallu appeler un **dépanneur**. Plusieurs fois, Charlotte a insisté et tourné la **clé de contact** dans le **démarreur**, mais **sans succès**. Le **moteur** semblait **noyé**. Le dépanneur est arrivé un quart d'heure plus tard. Et les deux copines sont rentrées chez elle en taxi.

le dépanneur:	*the breakdown mechanic*
la clé de contact:	*the ignition key*
le démarreur:	*the starter*
sans succès:	*without success*
le moteur :	*the engine*
noyé:	*flooded*

Le lendemain, Charlotte est allée chez le **garagiste** pour savoir ce qui s'était passé. « C'était simplement la **batterie**, a expliqué le garagiste. Nous l'avons remplacée. »

le garagiste:	*the mechanic*
la batterie:	*the battery*

« Nous avons aussi fait un petit contrôle général et constaté que vos **plaquettes de freins** sont **usées**.

la plaquette de frein:	*the brake pad*
usé,e:	*worn out*

« Il faut aussi faire une **vidange** et **rajouter** de **l'huile de moteur**. Vos **pneus** commencent à être usés aussi, mais ils peuvent attendre jusqu'à la fin de l'année. Et une **durite** est **abîmée**. Est-ce que vous avez remarqué qu'un de vos **phares arrière** était **défectueux** ? Je vous ai préparé un **devis** pour toutes ces réparations. **Tenez** », dit-il en **tendant** une feuille de papier à sa cliente.

la vidange:	*the oil change*
rajouter:	*to add*
une huile de moteur:	*an engine oil*
le pneu:	*the tyre, tire*
la durite:	*the hose*
abîmé,e:	*damaged*
le phare:	*the headlight*
arrière:	*to the rear*
défectueux,se:	*defective*
le devis:	*the cost estimate*
tenez !:	*here you are!*
tendre:	*to hand*

Charlotte examine le devis et le **signe** pour donner son **accord**. C'est un peu cher – quatre cent cinquante euros – mais pas aussi cher que l'année où elle avait **cassé** le moteur.

signer:	*to sign*
un accord:	*a consent, agreement*
casser:	*to break*

C'était l'année de son divorce. Elle était stressée et pas concentrée du tout, et à la **station-service**, elle s'est **trompée** de **carburant**. Elle a pris de l'**essence** au lieu du **gasoil**. La **facture** du garagiste était **salée** : trois mille euros de réparations…

la station-service:	*the petrol station, gas station*
se tromper de:	*to take the wrong…*
le carburant:	*the fuel*
l'essence (f.):	*the petrol, gas*
le gasoil:	*the diesel*
la facture:	*the bill, invoice*
salé,e:	*steep*

L'**entretien** des voitures est cher. Tous les ans, il faut faire une **révision générale** au garage. Et tous les deux ans, il faut passer le **contrôle technique**.

un entretien:	*a maintenance*
la révision:	*the service*
le contrôle technique:	*the technical check*

Comme pour la voiture de Nathalie, par exemple, **d'autant plus que** c'est une vieille voiture. Nathalie adore les voitures **anciennes** et elle possède un modèle de Mercedes **décapotable**. De temps en temps, quand il fait beau, les deux amies se promènent en décapotable, et c'est formidable. Elles ont l'impression d'être des actrices dans un film d'Hollywood ! Les cheveux dans le vent, la peau chauffée par le soleil, elles **roulent** en admirant le paysage qui **défile**.

d'autant plus que:	*especially as*
ancien,ne:	*old*
décapotable:	*convertible*
rouler :	*to go, drive*
défiler:	*to unfold*

Charlotte n'est pas une **conductrice** modèle. Elle et la technique, **ça fait deux**. C'est une femme plutôt intellectuelle, qui vit dans ses pensées. Et la voiture, comme d'ailleurs tout ce qui est technique, **appartient** à un autre univers.

le conducteur, la conductrice:	*the driver*
ça fait deux:	*to be like chalk and cheese*
appartenir (à):	*to belong(to)*

Un soir qu'elle **démarrait** la voiture pour rentrer chez elle après le travail, le véhicule avait beaucoup de **mal à avancer**. Il y avait une forte **résistance** et des **secousses**, et pourtant, elle **appuyait à fond** sur l'**accélérateur**. Finalement, elle s'est **aperçue** qu'elle avait oublié de **desserrer** le **frein à main**.

démarrer:	*to start*
avoir du mal à:	*to have difficulty in*

avancer:	*to move (forward)*
la résistance:	*the resistance*
la secousse :	*the jolt*
appuyer:	*to press*
à fond:	*fully*
un accélérateur:	*an accelerator*
s'apercevoir:	*to realise*
desserrer:	*to release*
le frein à main:	*the handbrake*

Un autre soir, **au volant** de sa voiture, elle avait beaucoup de mal à voir la route. Il devenait de plus en plus difficile d'**éviter** les autres voitures, quand **tout à coup**, elle a compris qu'elle n'avait pas **allumé** ses **phares**.

au volant:	*at the wheel*
éviter:	*to avoid*
tout à coup:	*suddenly*
allumer:	*to switch on, to put on*
le phare:	*the headlight*

En général, elle prend toujours les mêmes routes et les mêmes **itinéraires**. Elle a ses habitudes. Mais un jour, elle a eu un rendez-vous dans un quartier de la ville qu'elle ne connaissait pas, et elle s'est **trompée** de chemin. Elle a **fait demi-tour** dans une petite **ruelle**. La **manœuvre** a été longue, et les autres automobilistes **klaxonnaient d'impatience**.

un itinéraire:	*a route*
se tromper de chemin:	*to take the wrong path*
faire demi-tour:	*to turn around, do a U-turn*
la ruelle:	*the little street, lane*
la manœuvre:	*the manoeuvre, maneuver*
klaxonner:	*to honk*
d'impatience:	*with impatience*

Pourtant, quand elle a **passé** son **permis de conduire**, il y a une vingtaine d'années, elle a eu une très bonne note au **code** et elle réussissait très bien les **créneaux**. Mais maintenant, elle ne les réussit plus. Elle a passé le permis avec une Panda, et **comme** elle a maintenant une Peugeot, la technique n'est plus la même. Elle **rate** systématiquement sa manœuvre et **provoque** des **embouteillages**.

passer:	*to take (an exam)*
le permis de conduire:	*the driving license*
le code:	*the driving theory test*
le créneau:	*parallel parking*
le permis:	*the licence*
comme:	*as*
rater:	*to fail*
provoquer:	*to cause*
un embouteillage:	*a traffic jam*

C'est très stressant, parce que les automobilistes ne sont pas patients du tout. Plus ils **s'impatientent**, plus Charlotte est nerveuse, et moins elle a de chances de réussir à **se garer**. Elle évite donc soigneusement de se garer dans la rue et préfère les parkings. Mais heureusement, il y a un parking devant son lieu de travail et elle n'a jamais besoin de faire des créneaux.

plus… plus/moins :	*the more… the more/the less*
s'impatienter:	*to lose patience*
se garer:	*to park*

Quelques expressions utiles :

— appeler un dépanneur
— avoir une panne de voiture
— le moteur est noyé
— aller chez le garagiste
— changer les plaquettes de freins
— faire une vidange
— remettre de l'huile de moteur
— remplacer une durite
— les phares avant/les phares arrière
— demander un devis au garagiste

La voiture

— donner son accord
— se tromper de carburant/de route
— passer le contrôle technique
— faire une révision générale
— faire l'entretien de la voiture
— rouler en voiture décapotable
— démarrer le moteur
— appuyer sur l'accélérateur
— desserrer le frein à main
— s'asseoir au volant
— allumer les phares la nuit
— faire demi-tour
— faire un créneau
— klaxonner
— faire une manœuvre/rater une manœuvre
— passer son permis de conduire
— passer son code
— se retrouver dans un embouteillage
— se garer

Le chauffage, l'électricité, les travaux

C'est l'hiver, il commence à faire froid, et il faut **allumer** le **chauffage**. Charlotte a **commandé** du **fioul**, et mille litres ont été **livrés** ce matin. Comme pour toutes les **tâches ménagères** ou travaux techniques, elle **s'y prend** toujours à la dernière minute. Mais enfin, aujourd'hui, Charlotte peut allumer la **chaudière**. Ce n'est pas très moderne, comme type de chauffage, mais c'est une vieille maison, et il n'y en a pas d'autres.

allumer:	*to turn on*
le chauffage:	*the heating system*
commander:	*to order*
le fioul:	*the fuel oil*
livrer:	*to deliver*
la tâche ménagère:	*the housework*
s'y prendre à la dernière minute:	*to leave it to the last minute*
la chaudière:	*the furnace, boiler*

La chaudière est assez vieille aussi, mais elle **marche** toujours bien. Enfin, jusqu'à aujourd'hui. Car aujourd'hui, la chaudière **ne se met pas en route**. C'est pourtant simple, il suffit de **brancher** l'**appareil** et d'**appuyer** sur le **bouton de démarrage**. Le chauffage commence normalement à fonctionner. Eh bien non ! Aujourd'hui, l'appareil ne se met pas en route.

marcher:	*to work*
se mettre en route:	*to start up*
brancher:	*to plug in*
un appareil:	*a device, appliance*
appuyer (sur):	*to press*
le bouton de démarrage:	*the ignition switch*

Charlotte cherche le numéro d'un **chauffagiste** dans **l'annuaire**. Ce n'est pas drôle, parce qu'il fait un peu froid dans la maison, seulement quatorze degrés, et Charlotte espère que la chaudière sera réparée très bientôt.

le chauffagiste:	*the heating engineer*
un annuaire:	*a directory*

« Ce n'est sûrement pas très grave, se dit-elle. Sûrement un **mauvais contact** électrique dans l'appareil. Mais pourquoi est-ce que je n'ai pas commandé le fioul plus tôt ? »

le mauvais contact:	*the bad contact*

« Allô ?

— Bonjour, monsieur. C'est madame Lebenoît à l'appareil. J'ai un problème avec ma chaudière à fioul. Elle ne **démarre** plus. Pourtant, elle a très bien **fonctionné** l'année dernière.

— D'accord, je peux **passer** cet après-midi. Vous habitez où ?

démarrer:	*to start*
fonctionner:	*to work*
passer (chez qqn):	*to drop by, to visit*

— Oh ! C'est formidable. J'habite dans la rue des Macaroni. Quand vous passez à côté du parc, en venant de Saint-Ouen, il y a la poste à votre gauche, et c'est la première rue à droite. Numéro trente-deux.

— D'accord, à tout à l'heure.

— Merci, à tout à l'heure. »

Le chauffagiste arrive, avec son **camion** et son **équipement** professionnel. Il ouvre le **capot** de la chaudière, une lampe à la main, car il fait un peu **sombre** dans la cave.

le camion:	*the lorry, truck*
un équipement:	*an equipment*
le capot:	*the bonnet, hood*
sombre:	*dark*

« Oh, là là ! s'exclame le technicien.
— Qu'est-ce qui se passe ? demande Charlotte
— Je n'avais jamais vu ça ! Jamais de ma vie je n'ai vu une chose **pareille** ! Ouh, là là !
— Mais qu'est-ce qui se passe ? s'inquiète Charlotte.
— Ce n'est pas étonnant que votre chaudière ne fonctionne plus : elle est complètement **encrassée**. Elle est **sale**, c'est inimaginable ! Vous ne l'avez pas **fait nettoyer** depuis des années !

pareil,le:	*similar*
encrassé,e:	*clogged*
sale:	*dirty*
faire nettoyer:	*to have cleaned*

— Non, effectivement. Je ne savais pas qu'il fallait la faire nettoyer…
— Ça va être beaucoup de travail. Il faut aussi changer le **gicleur**. Je ne sais pas pourquoi, mais ce n'est pas **le bon modèle**. »

le gicleur:	*the jet, carburettor jet*
le bon modèle:	*the right model*

Le dépanneur fait quelques **manipulations**, puis, avec un **aspirateur** et un **grattoir**, il commence à **aspirer** des plaques entières de **suie** et des blocs **carbonisés**. Cela fait beaucoup de **bruit** et c'est très long.

la manipulation:	*the handling*
un aspirateur:	*a vacuum*
le grattoir:	*the scraper*
aspirer:	*to vacuum*
la suie:	*the soot*
carbonisé:	*carbonised*
le bruit:	*the noise*

Après une heure de travail, il prend d'autres **outils** : « Je vais **ramoner** le **conduit** de **fumée**. »

un outil:	*a tool*
ramoner:	*to sweep*
le conduit:	*the chimney pipe, stove pipe*

la fumée: *the smoke*

Avec une **brosse** spéciale, qu'on appelle « un **hérisson** », il nettoie le conduit.

« Voilà, madame, maintenant votre chaudière est **comme neuve**. Vous allez même **économiser** du fioul ! Car votre appareil est plus **performant**, maintenant qu'il est **propre**. »

la brosse: *the brush*
le hérisson: *the chimney brush*
comme neuf,ve: *like new*
économiser: *to save*
performant,e: *efficient*
propre: *clean*

Ensuite, il prépare une facture. Charlotte paye par chèque, et le monsieur s'en va, après avoir fait encore quelques recommandations : « N'oubliez pas de faire l'**entretien** de votre chaudière tous les ans. »

un entretien: *a maintenance*

Maintenant, la chaudière fonctionne bien, et Charlotte et ses enfants vont enfin avoir chaud dans la maison.

Mais les travaux ne sont pas terminés. Il faut aussi appeler un **électricien**, parce que la **machine à laver** fait beaucoup de bruit depuis quelques semaines, et certaines **prises murales** fonctionnent mal. De plus, la **plaque de cuisson** électrique ne marche plus. En ce moment, Charlotte fait la cuisine avec un **réchaud** de camping.

un électricien: *an electrician*
la machine à laver: *the washing machine*
la prise murale: *the wall socket*
la plaque de cuisson: *the cooktop, hotplate*
le réchaud: *the portable stove*

« Bonjour, monsieur. Vous êtes spécialiste de l'**électroménager** ?

— Oui, parfaitement, madame ! Qu'est-ce que je peux faire pour vous ?
— C'est la machine à laver, elle fait beaucoup de bruit, et elle commence à **remuer** beaucoup pendant le **lavage**. Il y a aussi un problème avec la plaque de cuisson et les prises électriques.

l'électroménager:	*the household appliances*
remuer:	*to move, to shake*
le lavage:	*the washing*

— Qu'est-ce que c'est comme **marque** de machine à laver ?
— *Ondiwash.*
— Ondi-quoi ? Qu'est-ce que c'est que cette marque ? J'connais pas.
» Le dépanneur a l'air très **perplexe** au téléphone.
« Vous pouvez la réparer **quand même** ?

la marque:	*the brand*
perplexe:	*puzzled*
quand même:	*though, still*

— Je vais essayer. Et votre plaque de cuisson ? Qu'est-ce que vous avez comme problème ?
— Elle ne **marche** plus.
— Plus du tout ?
— Plus du tout.

marcher:	*to work*

— Qu'est-ce qui se passe quand vous tournez les **boutons** ?
— Rien. Rien du tout. Ça ne **chauffe** plus du tout.

le bouton:	*the switch*
chauffer:	*to get hot*

— Bon. Qu'est-ce que c'est comme marque ?
— *Ondicook.*
— Ondi… quoi ? C'est bizarre ? J'connais pas non plus. Vous avez des marques bizarres, chez vous.

— Ben… Je ne sais pas. Vous pouvez faire quelque chose ?
— On va essayer, bien sûr. Et le troisième problème, c'était quoi ?
— Les prises murales : **tantôt** elles marchent, tantôt non.
— Bon. On va trouver des solutions. Je vais regarder tout ça. »

tantôt:	*sometimes*

L'électricien arrive et **s'agenouille** devant chaque prise murale pour les remplacer et en fixer des neuves, de meilleure qualité. À ce moment, le téléphone sonne, et Charlotte **décroche**. C'est son amie Nathalie.

s'agenouiller:	*to kneel down*
décrocher (le téléphone):	*to pick up (the phone)*

« Salut, ma belle, c'est Nathalie. Je viens prendre mes nouvelles. Ça va ?

— C'est gentil, Nathalie. Oui, ça va. Il y a l'électricien à la maison. Cette année, c'est l'horreur, les réparations n'arrêtent pas. D'abord le plombier, pour une fuite dans la salle de bains. Ensuite l'entretien de la chaudière, la réparation de la voiture… Et maintenant l'électricien, et ce n'est pas fini ! Je dois demander à Georges de **monter** sur le **toit** pour remplacer des **tuiles**, et demain le **jardinier** vient **s'occuper** du jardin qui n'est pas **entretenu depuis belle lurette**.

monter (sur):	*to climb (on)*
le toit :	*the roof*
la tuile:	*the tile*
le jardinier:	*the gardener*
s'occuper (de):	*to take care (of)*
entretenir:	*to maintain, to look after*
depuis belle lurette:	*for ages*

— **Ne m'en parle pas**, chez nous c'est **pareil**. Avec les travaux de rénovation, il y a **un tas de** problèmes. Le **maçon** n'a pas respecté les **mesures** de la terrasse, et maintenant le **mur** gauche est **de travers**. En plus, il n'a pas attendu le passage de l'électricien pour faire les **finitions**, et maintenant il faut **casser** à nouveau le **crépi** pour installer **les fils électriques**. Tu imagines un peu le fiasco ! Il faut faire le travail deux fois.

ne m'en parle pas:	*do not mention it*
pareil:	*the same*
un tas de:	*a bunch of*
le maçon:	*the mason*
la mesure:	*the measurement*
le mur:	*the wall*
être de travers:	*to be crooked*
la finition:	*the finishing*
casser :	*to rip out, to knock down*
le crépi:	*the render*
le fil électrique:	*the electric wire*

— Ma pauvre ! Si tu m'avais demandé plus tôt, je t'aurais conseillé un bon maçon. Georges en connaît un très bien. Je te donnerai ses **coordonnées** pour la prochaine fois.

— Et puis, les fenêtres ! On avait commandé des **croisillons dorés**, et ils nous apportent des croisillons en plastique blanc ! Ce que c'est **moche** ! Je leur ai demandé de tout **enlever**.

les coordonnées:	*the contact details*
le croisillon:	*the lattice work*
doré,e:	*golden*
moche:	*ugly*
enlever:	*to remove*

— Ma pauvre ! À côté de tes problèmes, les miens sont insignifiants !

— Oui, et en plus, pour le **carrelage** du salon, ils ont fait un **joint** gris foncé. Je voulais un joint blanc. Ce serait tellement plus **lumineux**. Je ne sais pas comment je vais **améliorer** ça, maintenant…

le carrelage:	*the tiling*
le joint:	*the grout*
lumineux,se:	*bright*
améliorer :	*to improve*

— Et le **lavabo** dans la **salle d'eau** est **bancal**, continue Nathalie, et le mur **se fissure** déjà dans la cuisine, à côté de la **hotte aspirante**.

le lavabo:	*the washbasin*
la salle d'eau:	*the shower room*
bancal,e:	*wobbly*
se fissurer:	*to crack*
la hotte aspirante:	*the hood*

— Oh ! Là, là ! L'horreur !
— Je ne sais pas quelle catastrophe nous attend encore.
— Ma pauvre… Excuse-moi, Nathalie. Mais l'électricien a terminé son travail. Je te laisse. À bientôt ! »

Effectivement, l'électricien a terminé de réparer les prises, la machine à laver et la plaque de cuisson. Il explique :

« Les prises sont remplacées, madame. Le **lave-linge** est réparé. Il y avait un **mauvais réglage** dans le système de stabilisation. La plaque de cuisson marche parfaitement. Il y avait seulement un **mauvais contact**, à cause d'un fil électrique **usagé**.

le lave-linge:	*the washing machine*
le mauvais réglage:	*the wrong setting*
le mauvais contact :	*the bad contact*
usagé,e:	*used*

— C'est parfait, merci. Je vous fais un chèque ? »

Voilà un problème de réglé. Maintenant, il faut s'occuper du jardin.

Quelques expressions utiles :

— allumer/éteindre le chauffage
— entretenir la chaudière
— faire l'entretien de la chaudière
— commander du fioul
— l'appareil ne se met pas en route
— l'appareil ne démarre pas
— appuyer sur le bouton de démarrage
— brancher un appareil
— appeler un chauffagiste, un électricien
— un appareil fonctionne bien/mal
— faire nettoyer une chaudière
— ramoner le conduit de fumée/la cheminée
— la machine à laver/la plaque de cuisson ne fonctionne plus
— le maçon construit les murs
— faire des finitions
— installer des fils électriques
— poser un carrelage

Le jardinage

Depuis le divorce, George n'est plus là pour s'occuper du jardin. Il a sa propre maison et son propre jardin à **entretenir**. Autrefois, ce jardin de trois cents **mètres carrés** était **un petit bijou**. Il **possédait** des **arbres**, et même des **arbres fruitiers** : un **pommier**, un **poirier**, un **cerisier**. Et aussi des arbres et **arbustes ornementaux** : un **marronnier**, un **érable**... Il y avait aussi des **parterres de fleurs**, des **massifs de rhododendrons** et des **rosiers grimpants**. Il était tout simplement superbe.

entretenir:	*to look after*
le mètre carré :	*the square metre*
un petit bijou:	*a real gem*
posséder:	*to have*
un arbre:	*a tree*
un arbre fruitier:	*a fruit tree*
le pommier:	*the apple tree*
le poirier:	*the pear tree*
le cerisier:	*the cherry tree*
un arbuste ornemental:	*an ornamental shrub*
le marronnier:	*the horse chestnut*
un érable:	*a maple tree*
le parterre de fleurs:	*the flowerbed*
le massif:	*the flowerbed*
le rhododendron:	*the rhododendron*
le rosier grimpant:	*the climbing rose*

Maintenant, les arbres et les plantes sont toujours là, mais les arbres ont **poussé**, et les fleurs ont **disparu** sous les **mauvaises herbes**, qui ont tout **envahi** pendant l'été. Charlotte explique au jardinier qu'il faut **tailler** les arbres, tailler **la haie**, **tondre** le petit **gazon** et **arracher** les mauvaises herbes.

pousser:	*to grow*
disparaître:	*to disappear*
la mauvaise herbe:	*the weed*
envahir:	*to overgrow*
tailler:	*to prune*
la haie:	*the hedge*
tondre:	*to mow*
le gazon:	*the lawn*
arracher:	*to pull*

Il n'est pas question d'utiliser des produits chimiques ni de **désherbant**. Tout sera fait à la main. Mais heureusement, le jardinier a des outils spéciaux, très efficaces. Il faudra faire un ou deux **allers-retours** à la **déchetterie** pour **se débarrasser** des **branchages**.

le désherbant:	*the weedkiller*
un aller-retour:	*a return trip, round trip*
la déchetterie:	*the recycling centre*
se débarrasser (de):	*to get rid (of)*
le branchage:	*the branches*

Comme elle ne travaille pas aujourd'hui, Charlotte se dit qu'elle va aider le jardinier et **arroser** quelques parterres de fleurs qui ont soif. Il n'a pas plu depuis plusieurs semaines. Cette année, l'automne est particulièrement **sec**. Il y a un **tuyau d'arrosage**, au coin de la maison. Charlotte ouvre le robinet, mais l'eau ne sort pas. Elle ouvre encore plus grand le robinet, mais l'eau ne sort toujours pas.

arroser:	*to water*
sec, sèche:	*dry*
le tuyau d'arrosage:	*the hosepipe, garden hose*

Tout à coup, elle comprend : la **lance d'arrosage**, au **bout** du tuyau, est bloquée. Il faut la **dévisser**. C'est ce que fait Charlotte. Et c'est à ce moment que Georges arrive, qui vient chercher les enfants pour le week-end. Il reçoit une grande **giclée** d'eau dans la **figure**. Son visage et ses cheveux sont **trempés**. Charlotte et horrifiée et s'excuse mille fois.

la lance d'arrosage:	*the hose nozzle*
le bout:	*the end*
dévisser:	*to unscrew*
la giclée:	*the spurt, squirt*
la figure:	*the face*
trempé,e:	*soaked*

« Ce n'est pas grave, dit Georges.

— Je suis vraiment désolée !

— Justement, je voulais emmener les enfants à la piscine. Comme ça, je suis déjà un peu **mouillé**. »

Charlotte est contente que Georges réagisse avec humour. Elle **rentre chercher** une serviette de bain pour Georges dans la maison, et tout en **s'essuyant** la tête, il demande des nouvelles :

mouillé,e:	*wet*
aller/rentrer chercher:	*to fetch*
s'essuyer:	*to dry oneself*

« Tout se passe bien ? demande-t-il.

— Oui. Les enfants sont dans leur chambre. David joue à l'ordinateur, et Mathilde lit. Pendant ce temps, je m'occupe du jardin avec le jardinier, comme tu vois. Tout a tellement poussé, il faut tondre et tailler… C'est affreux ! C'est la **jungle** !

la jungle:	*the jungle*

— Tu veux **un coup de main** ?

— Oh ! Non, ne t'inquiète pas. Le jardinier est équipé, et il travaille vite et bien. Il n'y a pas de problème.

— Ce n'est pas si horrible que tu le dis, dit Georges en regardant **autour de** lui. Les couleurs de l'automne sont magnifiques. »

un coup de main:	*a helping hand*
autour de :	*around*

En effet, avec l'arrivée de l'automne, les **feuilles** des arbres ont **jauni**. En particulier le **feuillage** de l'érable, devenu tout orange, est splendide. Malheureusement, ses **branches** sont devenues trop longues et il fait beaucoup d'**ombre** aux rosiers dessous.

la feuille:	*the leaf*
jaunir:	*to turn yellow*
le feuillage:	*the foliage*
la branche:	*the branch*
une ombre:	*a shade, shadow*
faire de l'ombre:	*to shade, to overshadow*

Le marronnier a aussi beaucoup poussé, et ses branches touchent **la toiture** de la maison. Justement, Charlotte voulait parler à Georges des réparations nécessaires sur le toit. Mais elle n'**ose** pas, finalement. Après la giclée d'eau froide qu'il a reçue sur la tête, et tous les petits travaux qu'il a faits dans la maison cette année pour aider Charlotte — il a **lubrifié** les **serrures** et les **verrous** des portes, remplacé le **miroir** du placard qui s'était **cassé** quand David a joué au ballon, **cimenté** le mur en **briques** de la cave, rétabli **l'antenne de télévision** qui était tombée du toit après une tempête, remis du **gravier** dans l'**allée**, installé un **récupérateur d'eau de pluie**, percé des trous dans le mur pour fixer une étagère dans la chambre de Mathilde... Elle ne peut pas lui demander de monter à nouveau sur le toit. Pas aujourd'hui.

la toiture:	*the roof*
oser:	*to dare*
lubrifier:	*to lubricate*
la serrure:	*the lock*
le verrou:	*the bolt*
le miroir:	*the mirror*
se casser:	*to break*
cimenter:	*to cement*
la brique:	*the brick*
une antenne de télévision	*a TV antenna*
le gravier:	*the gravel*
une allée:	*a path, driveway*
le récupérateur d'eau de pluie:	*the water butt*

Alors, **au lieu de** cela, elle invite Georges à dîner pour dimanche soir. Quand il **ramènera** les enfants, ils dîneront tous les quatre ensemble.

au lieu de:	*instead (of)*
ramener:	*to take back*

Quelques expressions utiles :

— entretenir le jardin
— arracher les mauvaises herbes
— tondre le gazon
— tailler la haie
— aller à la déchetterie
— arroser les plantes
— utiliser un tuyau d'arrosage
— les feuilles jaunissent en automne
— les arbres font de l'ombre
— mettre du gravier dans l'allée
— utiliser un récupérateur d'eau de pluie

La banque, l'argent

Ce matin, Charlotte doit passer à la banque pour **retirer** de **l'argent liquide**. Elle en a besoin pour **faire les courses** avant de préparer le dîner avec George demain soir.

retirer (de l'argent):	*to withdraw (money)*
l'argent liquide:	*the cash*
faire les courses:	*to do the grocery shopping*

Elle se gare sur le parking devant la banque et ouvre la porte automatique avec sa carte Master Card. Il y a un **distributeur de billets** et une machine pour les **remises** de chèques ou le **versement d'espèces** que Charlotte utilise parfois aussi. Elle **insère** sa carte dans le distributeur, choisit la **somme** de cinquante euros, **entre** son **code personnel** et, au moment où elle **appuie** sur 'confirmer', elle entend une voix derrière son dos. Quelqu'un est entré par la porte automatique. C'est son amie Nathalie.

le distributeur de billets:	*the ATM*
la remise:	*the remittance*
le versement:	*the deposit*
les espèces :	*cash*
insérer:	*to insert*
la somme:	*the sum*
entrer :	*to enter*
le code personnel :	*the PIN*
appuyer:	*to press*

« Salut, Charlotte ! Ça va ?

— Oui, et toi ? Comme tu vois, je retire des espèces pour faire les courses. J'ai invité Georges à dîner pour demain soir.

— Mais, c'est super ! Alors vous vous **remettez** ensemble ? À quand le remariage ?

— Non ! Pas du tout ! On est juste bons ami. D'ailleurs, ce n'est pas un dîner en amoureux, car il y aura les enfants.

— C'est ce qu'ils disent tous, et à la fin, ils se remarient.

— Bon, et toi, tu vas bien ? » demande Charlotte en prenant ses **billets**. Elle **récupère** aussi sa carte de crédit et la **range** dans son **portefeuille**.

se remettre ensemble :	*to get back together*
le billet:	*the bill, banknote*
récupérer:	*to get back*
ranger:	*to put away*
le portefeuille:	*the wallet, purse*

«Oh ! Ne m'en parle pas. J'ai rendez-vous avec un **conseiller** de la banque dans cinq minutes pour discuter d'un nouveau **prêt**. Les travaux dans la maison coûtent **cher**. C'est un **gouffre**. J'espère qu'ils vont accepter de nous **prêter** au moins vingt mille euros de plus.

le conseiller:	*the adviser*
le prêt:	*the loan, credit*
cher, chère:	*expensive*
le gouffre:	*the money pit*
prêter:	*to lend*

— **Tant que ça** !

— Mais, en fait, Jean-Pierre et moi, on se demande si on ne va pas **ouvrir un compte** dans une autre banque. Il y a maintenant des banques qui offrent des **taux** super intéressants.

tant que ça:	*that much*

ouvrir un compte:	*to open an account*
le taux:	*the rate*

— Peut-être, mais il faut faire attention. Il y a des taux fixes, des taux variables, et même les **frais de dossier** sont souvent très **élevés**. Tu peux avoir de mauvaises surprises. Tu peux aussi avoir des **frais de résiliation** importants à ta banque actuelle. **Méfie-toi**.

— Justement, je vais **me renseigner**.

les frais de dossier:	*the upfront fee*
élevé,e:	*high*
les frais de résiliation:	*the termination charges*
se méfier:	*to be cautious*
se renseigner:	*to make inquiries, to enquire*

— Moi, j'ai **renégocié** le taux de mon prêt il y a deux ans avec ma banque. C'est très intéressant. J'**économise** de l'argent tous les mois, maintenant !

— Ah, oui ? Heureusement, on a un **compte d'épargne**. On a commencé à **verser** des **sommes** dessus il y a dix ans. Ça nous **rend service**, maintenant. Si seulement Jean-Pierre n'avait pas **joué à la bourse** !

renégocier:	*to renegotiate*
économiser:	*to save money*
le compte d'épargne:	*the savings account*
verser (de l'argent):	*to deposit (money)*
la somme:	*the sum*
rendre service (à):	*to help*
jouer à la bourse:	*to play the stock market*

— Quoi ! ? Ton mari joue à la bourse ? Mais c'est très **risqué**, ça !

— Ah ! Ne m'en parle pas ! Il a acheté des **actions** il y a trois ans, d'une **boîte** qui s'appelait *Machine'Toc*.

risqué,e:	*risky*
une action:	*a share, stock*
la boîte:	*(informal) the company*

— Je ne connais pas cette boîte.

— Bien sûr, personne ne connaît. Mais Jean-Pierre y croyait tellement. Il en avait entendu parler par un copain. C'était "**l'affaire du siècle**". Tu parles ! La **valeur** des actions a **dégringolé** cette année. Je n'étais pas d'accord **dès le début**, mais Jean-Pierre était si motivé... Douze mille euros de perdus !

l'affaire du siècle:	*the deal of the century*
la valeur:	*the value, worth*
dégringoler:	*to tumble, crash down*
dès le début:	*from the beginning*

— Quoi ? ! ? Douze... suffoque Charlotte.

— Ah ! Ne m'en parle pas. Je préfère ne pas y penser. Jouer à la bourse, c'est comme jouer à la **roulette** ! Jean-Pierre avait **hérité** d'un peu d'argent de son grand-père. Il a voulu **placer** une partie de l'**héritage** et jouer "à la roulette" avec l'autre partie. Quelle idée !

la roulette:	*the roulette*
hériter (de):	*to inherit*
placer (de l'argent):	*to put, invest (money)*
un héritage:	*a inheritance, legacy*

— C'est vrai qu'on peut parfois **gagner** beaucoup d'argent avec des actions. Mais voilà : c'est très risqué. C'est comme **parier** aux **courses hippiques** ou **jouer au loto**.

— Oui, enfin, c'est un peu plus compliqué, c'est un peu différent. Le **marché**, le climat politique et social jouent un rôle, mais aussi la **compétitivité**. Ce sont des entreprises économiques, pas des **jeux de hasard**. Enfin, c'est ce que je croyais jusqu'à aujourd'hui... »

gagner (de l'argent):	*to earn (money)*
parier:	*to bet*
les courses hippiques:	*the horse racing*
jouer au loto:	*to play the lottery*
le marché:	*the market*
la compétitivité:	*the competitiveness*
le jeu de hasard:	*the game of chance*

Nathalie regarde sa montre. « Oh ! Là, là ! Mais je dois **me dépêcher**, moi. Je vais être en retard à mon rendez-vous ! Bon, bisou, ma belle, je te laisse. »

Elle **embrasse** Charlotte. « Je te souhaite un bon dîner avec Georges. »

Elle ouvre la porte et se retourne encore une fois, avant de disparaître dans les bureaux de la banque, pour dire à son amie, avec un **clin d'œil** : « Et je veux être ton **témoin** à ton remariage ! »

se dépêcher:	*to hurry*
embrasser:	*to kiss*
le clin d'œil:	*the wink*
le témoin:	*the witness*

Quelques expressions utiles :

— retirer de l'argent liquide au distributeur
— insérer sa carte de crédit dans le distributeur
— verser des espèces sur un compte
— ouvrir un compte en banque
— entrer son code personnel
— demander un prêt à la banque
— renégocier son prêt
— bénéficier d'un taux intéressant
— les frais de dossier sont élevés
— il y a des frais de résiliation
— économiser de l'argent/faire des économies
— verser de l'argent sur un compte d'épargne
— jouer à la bourse
— acheter des actions
— faire un héritage

Other easy stories by Sylvie Lainé :

Le Pendentif, ISBN : 9782370610126
Le Pendentif, **Past tense**, ISBN : 9782370610164
Voyage en France, ISBN : 9782370610072
Voyage à Marseille, ISBN : 9782370610201

Notes

Notes

Notes

Notes

Notes

Notes

Printed by Amazon Italia Logistica S.r.l.
Torrazza Piemonte (TO), Italy

29720860R00053